O Mundo Nunca Dorme

Para K e J, que iluminam minha vida.

N. R.

Para Silas, com amor. Continue descobrindo o mundo.

C. S.

Dados Internacionais de Catalogação na Publicação (CIP)
(Câmara Brasileira do Livro, SP, Brasil)

Rompella, Natalie
  O mundo nunca dorme / Natalie Rompella; ilustrado por Carol Schwartz; [tradução Erika Nogueira Vieira]. – São Paulo: Editora Melhoramentos, 2019.

  Título original: *The world never sleeps.*
  ISBN 978-85-06-08629-2

  1. Literatura infantojuvenil I. Schwartz, Carol. II. Título.

19-23824
CDD-028.5

Índices para catálogo sistemático:
  1. Literatura infantil 028.5
  2. Literatura infantojuvenil 028.5

Iolanda Rodrigues Biode - Bibliotecária - CRB-8/10014

Obra conforme o Acordo Ortográfico da Língua Portuguesa

Título original: *The World Never Sleeps*
Publicado originalmente nos Estados Unidos pela Tilbury House Publishers, representada na edição brasileira pela RightsMix e Seibel Publishing Services. Todos os direitos reservados.

Texto © 2018 Natalie Rompella
Ilustrações © 2018 Carol Schwartz

Tradução: Erika Nogueira Vieira
Diagramação: Amarelinha Design Gráfico

Direitos de publicação:
© 2019 Editora Melhoramentos Ltda.
Todos os direitos reservados.

1.ª edição, 5.ª impressão, fevereiro de 2024
ISBN: 978-85-06-08629-2

Atendimento ao consumidor:
Caixa Postal 169 – CEP 01031-970
São Paulo – SP – Brasil
Tel.: (11) 3874-0880
www.editoramelhoramentos.com.br
sac@melhoramentos.com.br

Impresso no Brasil

O Mundo Nunca Dorme

Natalie Rompella

Tradução: Erika Nogueira Vieira

Ilustrações: Carol Schwartz

Editora Melhoramentos

Meia-noite. Estrelas salpicam a escuridão com pontinhos de luz.

Uma barata desliza pelo chão da cozinha para apanhar uma migalha de pão esquecida. No quintal, uma aranha tece uma teia enredada na cerca. Insetos alados dançam e cintilam ao redor da luz da varanda. Dia e noite, pequenas criaturas estão ocupadas trabalhando, comendo, caçando, se escondendo...

Meio da noite. O luar ocupa espaços vazios, espelhando a luz do Sol.

Uma centopeia caseira e sua prole estavam vivendo atrás da pia úmida do porão. Agora as larvas cresceram e estão prontas para partir. Elas se dispersam por todos os lados, tentando encontrar um petisco saboroso: uma barata, uma traça, quem sabe alguma larva de mosca.

Logo antes do amanhecer. As damas-da-noite absorvem o que resta do luar, enquanto as peônias e as papoulas continuam a dormir, com suas pétalas suaves voltadas para dentro.

– *Cri, cri* –, um grilo chama de um local encantador que faz seu som ressoar. Mas quando o Sol se levantar, ele vai se calar e ir descansar em seu refúgio do dia.

Alvorecer. O Sol aponta por entre os galhos, iluminando as folhas e despertando os pássaros.

Uma aranha coloca tudo em ordem depois de mordiscar uma mariposa que capturou durante a noite. Antes de encerrar a atividade do dia, a aranha cuidadosamente tece sua teia.

Início da manhã. Gotas de orvalho brilham na grama, nos caules e nas folhas, e então desaparecem misteriosamente no ar.

Um ovo minúsculo se parte sob a superfície de um lago. A vida de uma libélula começa. Respirando pelas guelras, a ninfa e seus irmãos que acabaram de sair do ovo atravessam o lago em busca de alimento. A ninfa da libélula passa por apetitosos girinos. Quando ela tiver feito a muda e crescido, estará pronta para apanhar um deles. Por enquanto, a libélula se contenta com minúsculas pulgas-de-água.

Meio da manhã. Girassóis se estendem em direção ao astro-rei. Outras flores se abrem.

Uma criatura, que já foi uma lagarta, está pronta para emergir com outra forma. Depois de pender de um galho e ser levada delicadamente pelo vento, sua metamorfose estará completa. A crisálida se afina e se parte, revelando arte voltada sobre si. Do interior, irrompe uma nova vida!

Agora uma borboleta, a criatura libera um líquido de seu corpo para suas asas. Finalmente ela pode flutuar. Pode bater as asas. Pode voar.

Meio-dia. O Sol, alto no céu, apaga as sombras e resseca o solo.

Graciosas joaninhas aproveitam o almoço – pequenos piolhos-
-de-plantas que salpicam uma plantação de soja. Mas o banquete
pode terminar cedo demais. Uma andorinha-da-chaminé
sobrevoa tudo, querendo também se alimentar. Antes de apanhar
um bocado de joaninhas, ela percebe as pintinhas dos insetos e
voa para longe sem petiscar nada.

Meio da tarde. As pétalas de um hibisco se enrugam e murcham, sedentas por causa do calor do dia.

Uma abelha passou a tarde toda ocupada. Ela recolhe o doce néctar das operárias, mantém-no na boca e ocupa-se dele até que se torne mel não maturado. Então ela voa até o favo para passá-lo para suas colegas. As asas delas sobem e descem como varinhas mágicas, maturando o mel e removendo sua umidade. Agora as abelhas o selam no favo para petiscarem mais tarde.

Fim da tarde. O céu expulsa as nuvens e imita a cor do mar.

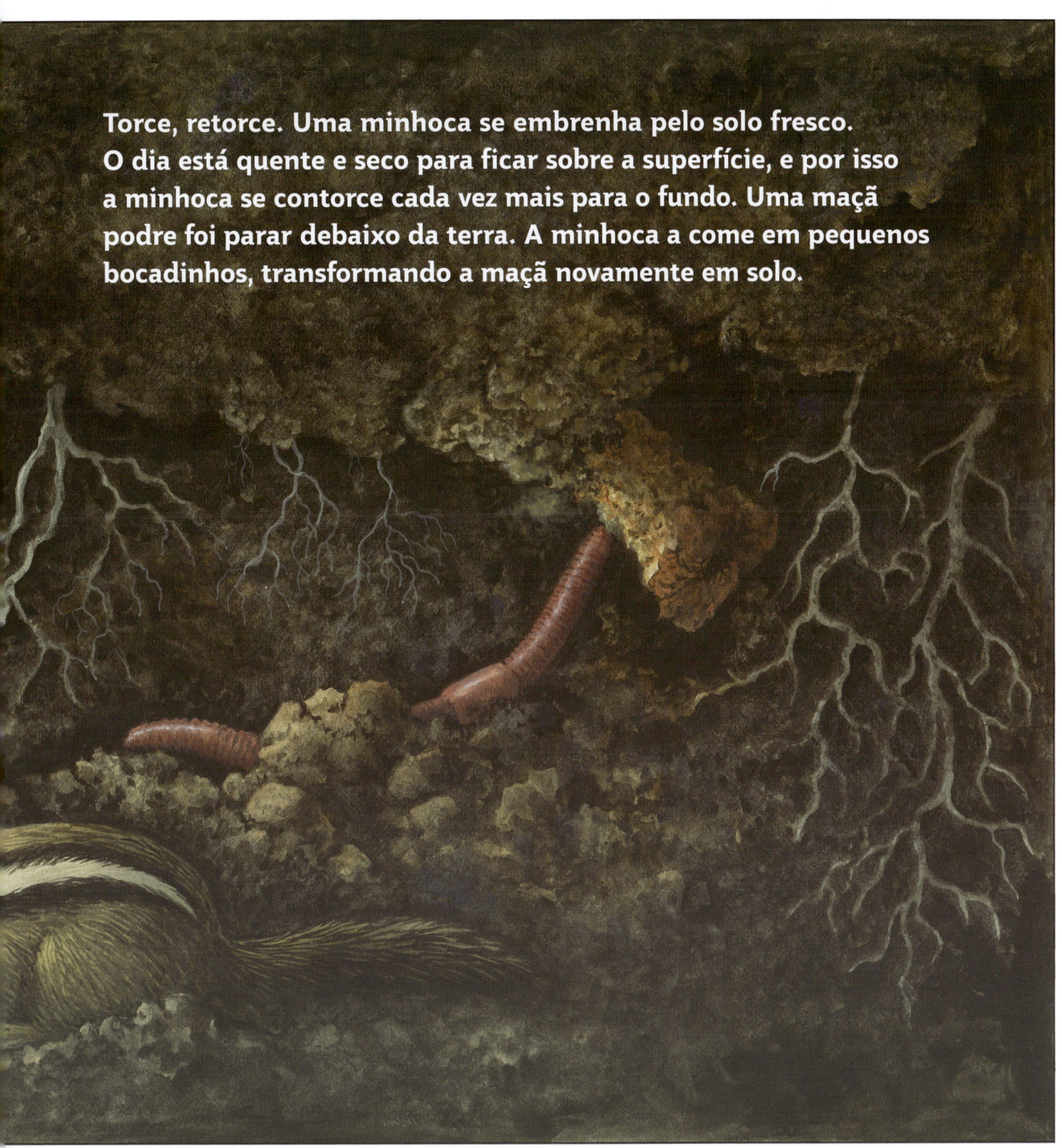

Torce, retorce. Uma minhoca se embrenha pelo solo fresco. O dia está quente e seco para ficar sobre a superfície, e por isso a minhoca se contorce cada vez mais para o fundo. Uma maçã podre foi parar debaixo da terra. A minhoca a come em pequenos bocadinhos, transformando a maçã novamente em solo.

Início da noite. Como arranha-céus, as sombras ficam finas, se espichando cada vez mais longe no chão à medida que o Sol paira mais baixo no céu.

"Xô!" Uma mosca sai voando da casa onde ficou presa o dia todo. Enquanto tenta se aquecer ao sol que vai se pondo, ela sente uma brisa – um predador se aproxima. A mosca foge rapidamente do alcance de uma libélula e pousa em uma flor. Quanta sorte!
A mosca sorve o néctar com sua boca. Quando ela pousar na próxima flor, os grãos de pólen da flor anterior vão cair de seu corpo coberto de pelos, criando novas sementes como que por um milagre.

Pôr do Sol. Pinceladas rosadas mancham o céu. Uma brisa leve refresca o ar.

Após dois verões, uma efemérida sai da água para a terra. Por fim, asas! Mas não há muito tempo. Ela passa por outros insetos que petiscam folhas, pequenas frutas e até uma casquinha de sorvete caída, mas a efemérida não se delicia com isso. Ela sequer tem boca, mas isso não importa. Ela está em busca de um parceiro. O crepúsculo fica mais escuro. Resta tão pouco tempo... Então ela encontra um grupo de efeméridas machos. Bem na hora, ela volta voando para a água, bota os ovos e morre tranquilamente.

A noite cai. *As estrelas começam a mostrar sua face: uma, duas, três – e então milhares.*

Um vaga-lume macho pisca e espera que um vaga-lume fêmea responda. Ele cintila mais uma vez. O vaga-lume fêmea pisca de volta.

É meia-noite novamente.

A barata volta a deixar seu esconderijo e descobre novos tesouros. A aranha tece um novo padrão na cerca para apanhar mais uma refeição. Pequenas criaturas tremulam e se aquecem ao redor da luz da varanda próxima. Noite e dia, dia e noite asas batem, insetos mordiscam, ovos se partem... O mundo nunca dorme.

Centopeias caseiras

Embora as centopeias não sejam insetos, também são artrópodes. Assim como nos insetos, exoesqueletos rígidos dão suporte e proteção a seu corpo macio.

As centopeias podem ser encontradas ao ar livre, mas costumam ser vistas com mais frequência em locais úmidos e frios, ralos e pias. Elas se alimentam de traças, percevejos e baratas, podendo ajudar a controlar infestações domésticas. As centopeias fêmeas ficam com seus ovos e com as larvas por algum tempo. No primeiro estágio, as larvas têm apenas quatro pares de pernas, mas a cada muda do exoesqueleto, ganham um ou dois pares de patas e segmentos a mais. Os adultos têm quinze segmentos, cada um com um par de longas pernas. Sete placas dorsais cobrem os segmentos, assim, as longas pernas e as placas estabilizam o corpo da centopeia e permitem que ela se desloque com velocidade para apanhar presas e escapar de predadores.

Grilos

A maior parte das espécies de grilos vive à noite. Quando a manhã chega, eles estão prontos para descansar. Grilos são parentes dos gafanhotos e das esperanças, que também cricrilam. Um grilo macho esfrega as asas para cricrilar, e quanto mais frio estiver, mais lentamente ele cricrila. Se praticar um pouco, você pode usar o som dos grilos para estimar a temperatura do lado de fora. Os grilos não passam por uma metamorfose completa como outros insetos (mariposas e borboletas, por exemplo). Em vez disso, seu estágio de ninfa é similar a uma versão menor da adulta que se tornará. Outros insetos com uma metamorfose incompleta são o louva-a-deus, a barata e o percevejo-fedorento.

Aranhas de teias circulares

As aranhas – como os carrapatos, os escorpiões e os ácaros – têm oito patas e pertencem ao grupo dos aracnídeos. Embora não sejam insetos, elas também são artrópodes. Algumas aranhas, como as que constroem teias circulares, tecem suas teias para apanhar insetos. A aranha começa com um único fio adesivo, liberando-o para baixo, como uma pessoa que solta uma corda de rapel do alto de uma montanha. Quando uma brisa acerta a ponta solta do fio e o sopra ao encontro de uma superfície, ele se adere a ela. A aranha então prende a extremidade oposta a outra superfície e começa a fiar a teia a partir daí. À medida que a teia é tecida, a aranha cobre certos fios com um material adesivo, perfeito para reter criaturas; fios não aderentes são usados pela aranha para chegar até sua presa sem ficar detida na própria teia. Quando a aranha está pronta para tecer uma nova teia, ela pode içar a antiga, consumi-la e reutilizar as proteínas da seda.

Libélulas

Existe uma razão por que encontramos libélulas adultas perto da água: as libélulas começam a vida debaixo da água, em riachos e lagos, para onde as fêmeas retornam quando botam ovos. Os ovos costumam eclodir uma semana depois, mas o período de incubação e a quantidade de tempo que as ninfas permanecem na água depende do clima, da temperatura da água e da quantidade de alimento que a ninfa consegue encontrar. As ninfas comem muitas criaturas aquáticas: ostracodes, copépodes, dáfnias (pulgas-de-água), poliquetas, pequenos peixes, girinos e até outras ninfas. Como outros insetos, elas fazem a muda à medida que crescem, deixando para trás o antigo exoesqueleto e criando um novo. Sempre que isso acontece, o processo recebe o nome de ínstar.

Borboletas

Embora borboletas e mariposas pertençam à mesma ordem de insetos, chamada Lepidoptera, há diferenças. Uma delas é o modo como se transformam de lagarta para a fase adulta. Enquanto a maioria das lagartas de mariposas se envolve em alguma coisa, como uma folha ou uma seda, ou ambos, criando um casulo, as lagartas de borboletas usam apenas o próprio corpo como uma espécie de caixa protetora – a crisálida. Quando as borboletas emergem, devem preencher suas asas com um sangue transparente chamado de hemolinfa.

Joaninhas

As joaninhas, também conhecidas como besouros-de-nossa-senhora, são insetos úteis. Elas comem pequenas pragas como afídeos, mais conhecidos como piolhos-de-plantas, que se alimentam de lavouras e plantas ornamentais. Por isso, alguns lavradores e jardineiros usam joaninhas como pesticidas naturais. As joaninhas também têm coloração de alerta que as ajudam a não ser devoradas. Seus padrões de cor indicam aos predadores que elas têm sabor desagradável e que são venenosas.

Abelhas

Assim como as formigas, as abelhas vivem em colônias. Há três tipos de abelhas: a rainha, os zangões e as operárias, cada tipo com um papel muito importante. As abelhas operárias, que são sempre fêmeas, fazem o que o próprio nome indica. As abelhas operárias mais velhas trabalham fora das colmeias, saindo para recolher néctar que será transformado em mel. Elas sorvem o néctar com um probóscide e o armazenam em um órgão chamado papo de mel. As abelhas operárias que trabalham dentro das colmeias sorvem o néctar daquelas que o trouxeram de fora e usam enzimas em suas bocas para transformá-lo em mel não maturado.

Ele é então armazenado em um favo, e a água é evaporada por outras abelhas operárias que batem as asas diante do mel. Isso o torna maduro. Quando o favo estiver pronto, ele é selado com cera. É nesse ponto que os apicultores recolhem o mel.

Minhocas

As minhocas são detritívoras e decompositoras. Elas são importantes para o ambiente porque ingerem matéria vegetal e animal de que não precisamos mais. Na natureza, elas consomem folhas mortas e madeira apodrecida, devolvendo-as ao solo. Seus túneis criam buracos no solo que ajudam na ventilação. Elas também são adicionadas a caixas de compostagem porque comem restos de alimentos como frutas e vegetais e os transformam em um solo rico em nutrientes.

Moscas

As moscas costumam ser consideradas pragas, mas são importantes para o mundo de diversas formas. Muitas larvas de moscas, chamadas vermes, são detritívoras e se alimentam de plantas e animais em decomposição. Como as abelhas e as borboletas, as moscas também são polinizadoras, ajudando a criar novas flores e, às vezes, frutas. Elas também são alimento para animais e outros insetos. As moscas sabem quando uma criatura ou um mata-moscas está se aproximando porque sentem a variação no ar. Elas deixam uma superfície voando verticalmente, tal qual um helicóptero se afasta do solo, em vez de voar na diagonal ou na horizontal. Os mata-moscas funcionam porque se aproximam da mosca quando ela tenta escapar. Os orifícios no mata-moscas ajudam a surpreender a mosca porque não criam tanta resistência ao ar quanto um jornal dobrado ou a mão.

Efeméridas

As efemérides passam a maior parte da vida na água – algumas até quatro anos. Quando elas finalmente emergem, logo fazem a muda, tornando-se subimagos e ganhando asas. Depois voam para longe da água e, ao contrário de outros insetos alados, fazem uma segunda muda.

As efemérides vivem em águas que não são altamente poluídas. Por causa disso, são consideradas bioindicadores – elas ajudam os cientistas a saber se uma fonte de água é de boa ou má qualidade.

As efemérides são mais ativas no nascer do dia e no cair da noite, o que as torna crepusculares. Infelizmente, quase todas as espécies de efemérides adultas não vivem muito – às vezes apenas um dia fora d'água. Como adultas, elas não se alimentam, e, portanto, não têm boca. Seu único propósito é encontrar um parceiro e botar ovos. Elas morrem pouco depois disso.

Vaga-lumes

Diferentes insetos têm adaptações para se comunicar, como cricrilar, cantar ou, no caso dos vaga-lumes, acender. Isso é chamado de bioluminescência. Os vaga-lumes machos piscam para atrair o vaga-lume fêmea. As fêmeas cintilam para responder. Diferentes espécies de vaga-lumes piscam em padrões diferentes. Os vaga-lumes, também chamados de pirilampos, produzem luciferase, uma enzima que, combinada com outro componente chamado luciferina, cria luz. Cientistas estudam os vaga-lumes e a luciferase para aprender mais a respeito da saúde dos humanos. A luciferase é hoje usada para localizar coágulos sanguíneos e também para detectar um elemento químico que pode ser ligado ao câncer e ao diabetes.

Nota da autora

Quando criança, eu sentia nojo e pavor de insetos e outras criaturas rastejantes. Lembro-me de ver uma centopeia na parede no meio da noite e ficar tão apavorada, que não consegui ir ao andar de baixo pedir ajuda aos meus pais.

Foi só no meu primeiro ano como professora que as coisas mudaram. Alguém me mostrou um exemplar da última revista *National Geographic* (de março 1998), que trazia um artigo de vinte páginas a respeito de besouros, e eu fiquei deslumbrada. Nunca tinha pensado em insetos como pequenas máquinas com adaptações incríveis e como obras de arte, mas o artigo e as fotografias abriram meus olhos para o mundo dos insetos, assim como para o da ciência.

Eu saí e comprei um exemplar da revista só para mim, e minha vida mudou para sempre. Acabei voltando a estudar e concluí meu Mestrado de Educação com especialização em Educação de Ciências. Deixei de lecionar por um tempo para trabalhar em um museu de história natural, onde redigi lições de ciências e recebi treinamento a respeito de vários insetos, como baratas! Então, também comecei a escrever, sobretudo a respeito de assuntos relacionados à ciência (trinta e sete livros e artigos), incluindo um livro sobre insetos. Minha vida tinha mudado completamente, tudo por causa das fotografias fascinantes de uma criatura que antes me deixava paralisada de medo. Espero que você aprenda a contemplar os insetos, as aranhas e até as centopeias. E, quando tiver compreendido todas essas criaturas, espero que possa enxergar sua beleza e se admirar tanto quanto eu me admiro hoje em dia.

Agradecimentos

Tive o prazer, enquanto escrevia este livro, de me corresponder com diversos especialistas em artrópodes, incluindo os seguintes, que responderam a perguntas e leram o manuscrito em diferentes estágios: Jen Berlinghof, educador ambiental; Gareth Blakesley, ex-diretor, Illinois Odonate Survey; Richard Bradley, professor associado, Ohio State University; Eric R. Eaton, escritor e entomologista; Lynn S. Kimsey, professor de entomologia; Zack Lemann, curador das coleções de animais, Audubon Butterfly Garden Insectarium; Dr. John Lewis; Dr. Darren Rebar; e Dr. Rowland M. Shelley, professores adjuntos, Departamento de Entomologia e Patologia Vegetal, University of Tennessee. Por sua paciência e sabedoria, sou muito grata. – NR

NATALIE ROMPELLA, que já foi educadora de museu e professora de ensino fundamental e médio, é autora de mais de quarenta livros e guias educacionais para jovens leitores, além de ganhadora de uma bolsa de Trabalho em Andamento da Sociedade para Autores e Ilustradores de Livros Infantis. Ela é uma antiga aficionada por insetos e entre seus livros está *Don't Squash That Bug!: The Curious Kid's Guide to Insects* (2007) (*Não Esmague Esse Inseto!: O Curioso Guia dos Insetos*).

CAROL SCHWARTZ ilustrou mais de cinquenta livros infantis, incluindo *My Busy Green Garden*, que a *Kirkus Reviews* considerou "uma adorável interpretação literária e artística". Entre seus outros livros estão *Sea Squares* (*Praças Marinhas*), selecionado pelo Outstanding Science Trade Book e ganhador do Children's Choice, *The Maiden of Northland* (*A Donzela de Northland*), selecionado pelo prêmio Aesop Accolade, e *Thinking About Ants* (*Pensando em Formigas*), selecionado pelo Outstanding Science Trade Book. Carol lecionou ilustração no Instituto de Arte e Design Milwaukee e compartilhou sua paixão por ilustrar nas centenas de escolas fundamentais, bibliotecas, conferências e faculdades que já visitou.